# Das Backbuch für Mädchen

Emely Piech

Das Backbuch für Mädchen
Emely Piech

ISBN: 978-3-910457-08-9
1 . Auflage 2022

# Rezepte

# KUCHEN

Dauer:
55 Minuten

Portionen:
4

# Apfelkuchen

| ZUTATEN: | ANLEITUNG: |
|---|---|
| • 3 Eier<br>• 140g Zucker<br>• 1 Pkg. Backpulver<br>• 8 EL Milch<br>• 3 Äpfel<br>• 180g Mehl<br>• 80g Butter<br>• 1 Zitrone<br>• 1 Prise Zimt | 1. Eier zunächst trennen und das Eiweiß zu einem steifen Schnee schlagen.<br>2. Die Dotter gemeinsam mit dem Zucker in einer Schüssel verrühren. Danach Milch mit Butter sowie der abgeriebenen Zitronenschale vermischen.<br>3. Backpulver und Mehl dazu geben und die Äpfel schälen und in dünne Scheiben schneiden.<br>4. Den Teig in eine befettete Form füllen und mit den Apfelscheiben belegen. Mit Zimt und Zucker bestreuen und bei 180 Grad Ober- und Unterhitze für 40 Minuten backen. |

Dauer:
40 Minuten

Portionen:
1 Form

# Cheesecake Brownies mit Himbeeren

## Zutaten:

- 240g Zartbitterschokolade
- 200g Butter
- 4 Eier
- 200g Butter
- 1 Prise Salz
- 300g Weizenmehl
- 250g Frischkäse natur
- 60g weiche Butter
- 2 Eier
- 50g Speisestärke
- 70g Zucker
- 1 Tasse Himbeeren

## Anleitung:

1. Den Backofen zunächst auf 170 Grad Ober- und Unterhitze vorheizen. Eine eckige Backform mit Backpapier auslegen.
2. Die Schokolade zuerst gemeinsam mit der Butter im Wasserbad schmelzen. In der Zwischenzeit die Eier mit dem Zucker vermischen.
3. Die Schokolade anschließend dazu geben und mit Salz sowie dem Mehl verrühren.
4. Danach den Frischkäse mit der weichen Butter schaumig rühren. 2 Eier sowie den Zucker und die Speisestärke dazu geben und gut vermischen.
5. Beide Teige miteinander vermischen und in die Form geben. Mit der Gabel ein paar Mal durchfahren, sodass das Marmormuster entsteht. Mit den Himbeeren belegen und für ca. 40 Minuten backen.

Dauer:
35 Minuten

Portionen:
12

# Erdbeerrolle

## Zutaten:

- 6 Eier
- 100g Mehl
- 1 Prise Salz
- 100g Zucker
- 6 EL Wasser
- Puderzucker
- 120g Quark
- 120g Puderzucker
- 3 Blatt Gelatine
- 180g Erdbeeren
- 60ml Sahne

## Anleitung:

1. Die Gelatineblätter im Wasser einweichen und die Erdbeeren in der Zwischenzeit in kleine Stücke schneiden.
2. Puderzucker, Sahne und Quark gemeinsam mit den Erdbeeren vermischen und die Gelatineblätter in einem Topf erwärmen. Anschließend zur Quark-Masse mischen.
3. Danach den Backofen auf 170 Grad vorheizen.
4. Die Eier trennen und das Eiklar mit etwas Salz steif schlagen.
5. Danach die Dotter gemeinsam mit Zucker und Mehl vermischen. Den Schnee anschließend unterheben und die Masse auf ein mit Backpapier ausgelegtes Backblech streichen.
6. Für ca. 15 Minuten backen.
7. In der Zwischenzeit ein Geschirrtuch vorbereiten und mit Puderzucker bestreuen. Die Roulade mit dem Backpapier nach oben auf das Geschirrtuch legen. Danach das Backpapier abziehen.
8. Die Erdbeerfülle auf dem Kuchenboden verstreichen und vorsichtig zusammenrollen.
9. Zum Schluss mit Puderzucker bestreuen und genießen.

Dauer:
70 Minuten

Portionen:
10

# Marmorkuchen

## Zutaten:

- 200g Mehl
- 120g Puderzucker
- 160ml Milch
- 35g Kakao
- 1 Pkg. Backpulver
- 3 Eier
- 120g Butter
- 50g Rosinen

## Anleitung:

1. Zunächst die Butter gemeinsam mit den Eiern sowie dem Zucker schaumig schlagen.
2. Das Backpulver mit dem Mehl vermischen und mit der Milch verrühren.
3. Danach die Masse auf zwei Schüsseln verteilen. In die eine Schüssel den Kakao einrühren.
4. Anschließend den Backofen auf 180 Grad Ober- und Unterhitze vorheizen und eine Springform mit Butter ausstreichen.
5. Danach zuerst den hellen Teig und dann den dunklen Teig in die Form gießen. Mit der Gabel ein paar mal durchziehen.
6. Den Kuchen für ca. 50 Minuten backen und anschließend genießen.

Dauer:
50 Minuten

Portionen:
1 Tarte

# Schokoladentarte

## Zutaten:

- 180g Mehl
- 1 Prise Salz
- 2 TL Kakaopulver
- 65g Zucker
- 1 Eigelb
- 400g Sahne
- 100g Vollmilchschokolade
- 200g Zartbitterschokolade
- 1 Prise Zimt
- 1 Eiweiß
- 1 Ei
- 30g weiche Butter

## Anleitung:

1. Den Backofen zuerst auf 180 Grad Umluft vorheizen und eine Tarteform mit Butter gut einstreichen.
2. Danach Zucker, Mehl Salz, Kakaopulver, Eigelb und die Butter gut miteinander vermischen.
3. Eine Arbeitsfläche mit Mehl bestäuben und den Teig gut ausrollen.
4. Den Teig anschließend in die Tarteform legen und den Boden mit der Gabel mehrmals einstechen.
5. Die Tarte für 10 Minuten backen.
6. Anschließend die Sahne in einem Topf erhitzen und die grob gehackte Schokolade dazu geben.
7. Die Masse kurz abkühlen lassen und mit Salz, Eier, Butter und Zimt verrühren.
8. Danach die flüssige Masse auf den vorgebackenen Teig gießen und im Ofen für ca. 15 Minuten backen.
9. Zum Schluss mit Puderzucker bestreuen und genießen.

Dauer:
120 Minuten

Portionen:
12

# STRAWBERRY CHEESECAKE

## ZUTATEN:

- 70g Butter
- 4 Eier
- 1 Pkg. Vanillezucker
- 120g Sahne
- 800g Erdbeeren
- 1 Gefrierbeutel
- Alufolie
- 150g Butterkekse
- 225g Zucker
- 800g Frischkäse natur
- 40g Speisestärke
- 1 Pkg. roter Tortenguss

## ANLEITUNG:

1. Zuerst die Butter schmelzen und die Kekse in den Gefrierbeutel geben. Die Kekse fein zermalen.
2. Die Keksbrösel mit der Butter vermischen und in eine Springform geben. Die Brösel gut andrücken und für ca. 25 Minuten kalt stellen.
3. Die Eier mit 200g Zucker und dem Vanillezucker vermischen.
4. Sahne, Stärke und Frischkäse dazu geben und gut vermischen. Die Masse auf dem Keksboden verteilen und im Backofen für ca. 40 Minuten backen.
5. Den Kuchen aus dem Ofen nehmen, mit Alufolie abdecken und abkühlen lassen.
6. In der Zwischenzeit die Erdbeeren waschen. 6 Erdbeeren halbieren und auf die Seite legen. Die restlichen Erdbeeren in Scheiben schneiden und in mehreren Schichten auf dem Boden verteilen.
7. Danach das Tortengusspulver mit 25g Zucker in einen Topf geben. Mit 250ml Wasser aufgießen und aufkochen lassen.
8. Den Guss anschließend über den Erdbeeren verteilen und fest werden lassen.
9. Zum Schluss mit den geschnittenen Erdbeeren garnieren und anschließend servieren.

Dauer:
80 Minuten

Portionen:
10

# Zitronenkuchen

| Zutaten: | Anleitung: |
| --- | --- |
| • 350g Zucker<br>• 350g Butter<br>• 100ml Zitronensaft<br>• 1 Pkg. Vanillezucker<br>• 350 Mehl<br>• 6 Eier<br>• 1 Pkg. Backpulver | 1. Zuerst die Eier schaumig schlagen.<br>2. Butter, Zitronensaft und Zucker einrühren.<br>3. Danach Mehl gemeinsam mit dem Backpulver vermischen und unter den Teig heben.<br>4. Den Backofen auf 180 Grad Ober- und Unterhitze vorheizen und eine Form mit Butter bestreichen.<br>5. Den Teig in die Form füllen und für 60 Minuten backen.<br>6. Den Kuchen auskühlen lassen und mit Puderzucker bestreuen. |

Dauer:
45 Minuten

Portionen:
6

# Schokoladen Brownie

## Zutaten:

- 85g Zartbitterschokolade
- 85g Halbbitterschokolade
- 1 Prise Salz
- 180g Butter
- 140g Mehl
- 180g Puderzucker
- 1 Pkg. Vanillezucker
- 4 Eier

## Anleitung:

1. Zuerst den Backofen auf 170 Grad Ober- und Unterhitze vorheizen und eine Form mit Butter bestreichen.
2. Danach die Schokolade hacken und gemeinsam mit der Butter in einem Topf erhitzen.
3. In der Zwischenzeit Eier, Zucker, Vanillezucker schaumig rühren und die flüssige Schokolade einrühren.
4. Mehl und Salz dazu geben und verrühren.
5. Die Masse in eine Form geben oder am Backblech verteilen und für 30 Minuten backen.
6. Auskühlen lassen und in Stücke schneiden.

# Muffins

Dauer:
30 Minuten

Portionen:
12

# Bananen Muffins

**Zutaten:**

- 3 Bananen
- 70g Zucker
- 1 EL Zimt
- 1 TL Vanillepaste
- 250g Mehl
- 30g brauner Zucker
- 1 TL Backpulver
- 1 TL Natron
- 80g Öl
- 2 Eier
- Silikonförmchen

**Anleitung:**

1. Zunächst die Bananen pürieren und den Ofen auf 220 Grad Ober- und Unterhitze vorheizen.
2. Danach alle trockenen Zutaten gut miteinander vermischen.
3. Die Eier mit dem Bananenmus und der Butter verquirlen und die trockenen Zutaten dazu geben.
4. Anschließend den Teig in Silikonförmchen füllen und für ca. 15 Minuten backen.

Dauer:
45 Minuten

Portionen:
12

# Cupcakes

## Zutaten:

- 120g Butter
- 300g Mehl
- 130g Zucker
- 250g Heidelbeeren
- 2 Eier
- 1 TL Backpulver
- 1 Prise Salz
- 150g Puderzucker
- 100g Butter
- 200g Frischkäse

## Anleitung:

1. Butter mit Zucker schaumig rühren und die Eier einrühren.
2. Danach Salz, Backpulver sowie Mehl dazu geben und 150g Heidelbeeren dazu mischen.
3. Anschließend die Muffinsförmchen vorbereiten, den Teig einfüllen und diese dann, für ca. 20 Minuten bei 175 Grad Ober- und Unterhitze, backen.
4. In der Zwischenzeit die restlichen Heidelbeeren pürieren und gemeinsam mit Puderzucker, Butter und Frischkäse cremig rühren.
5. Die Muffins aus dem Ofen nehmen, die Masse in einen Spritzbeutel füllen und die Muffins damit bespritzen.
6. Zum Schluss die Cupcakes mit ein paar Heidelbeeren belegen und genießen.

Dauer:
45 Minuten

Portionen:
12

# Heidelbeer Muffins

## Zutaten:

- 250g Dinkelmehl
- 130g Puderzucker
- 1 Pkg. Vanillezucker
- 250g Heidelbeeren
- 250g Joghurt
- 2 Eier
- 1 Pkg. Backpulver
- Muffinsförmchen

## Anleitung:

1. Das Backrohr auf 170 Grad Ober- und Unterhitze vorheizen und die Muffinsförmchen vorbereiten.
2. Danach das Mehl mit dem Backpulver vermischen.
3. Zucker, Eier sowie Vanillezucker miteinander vermischen.
4. Joghurt und Mehl sowie die Heidelbeeren untermischen.
5. Den Teig anschließend in die Förmchen füllen und für ca. 35 Minuten backen.
6. Etwas auskühlen lassen und mit Puderzucker bestreuen.

Dauer:
40 Minuten

Portionen:
9

# Schokoladen Muffins

## Zutaten:

- 200g Zartbitterschokolade
- 2 TL Backpulver
- 1 TL Salz
- 120g Puderzucker
- 2 Eier
- 170ml Milch
- 250g Mehl
- 25g Kakaopulver
- 115g weiche Butter
- 1 Pkg. Vanillezucker
- Muffinsförmchen

## Anleitung:

1. Zunächst den Backofen auf 190 Grad Ober- und Unterhitze vorheizen.
2. Danach die Schokolade raspeln. Mehl, Backpulver, Salz sowie Kakaopulver in einer Schüssel gründlich vermischen.
3. Anschließend die geschmolzene Butter mit Puderzucker, Vanillezucker, Eier und Milch mit dem Schneebesen vermischen.
4. Danach die flüssigen Zutaten mit der Hälfte der Schokostücke zur Mehlmischung geben.
5. Den Teig in Muffinsförmen füllen und die restlichen Schokostücke oben darauf verteilen.
6. Die Muffins für ca. 20 Minuten backen.

# Backen

Dauer:
90 Minuten

Portionen:
6

# Bananenbrot

**ZUTATEN:**

- 150g Margarine
- 3 Eier
- 350g Weizenvollkornmehl
- 1 Prise Salz
- 1/4 l Milch
- 160g brauner Zucker
- 3 Bananen
- 1 Pkg. Backpulver
- 120g Walnüsse

**ANLEITUNG:**

1. Zunächst die Margarine gemeinsam mit dem Zucker in einer Schüssel verrühren.
2. Die Eier dazu geben und nochmals gut vermischen.
3. Die Bananen mit einer Gabel zerdrücken und zur Eier-Masse mischen.
4. Das Mehl mit dem Salz sowie dem Backpulver und den gehackten Nüssen vermischen.
5. Milch sowie die Nuss-Mischung zur Bananen-Mischung geben und kräftig verrühren.
6. Den Teig in eine mit Butter ausgestrichene Form geben und im vorgeheizten Backofen bei 180 Grad Ober- und Unterhitze für 60 Minuten backen.

Dauer:
145 Minuten

Portionen:
1 Laib

# Einfaches Bauernbrot

## Zutaten:

- 500g Roggenmehl T
- 500g Weizenbrotmehl
- 20g Brotgewürz
- 1 Hefewürfel
- 700ml lauwarmes Wasser
- 1 EL Salz

## Anleitung:

1. Weizen- sowie Roggenmehl in eine Schüssel geben. Die Hefe dazu bröseln. 200ml Wasser dazu geben und vermischen.
2. Das Salz sowie Brotgewürz und 500ml Wasser dazu geben und den Teig gut kneten.
3. Die Schüssel mit einem Tuch bedecken und ca. 1 Stunde an einem warmen Platz rasten lassen.
4. Anschließend den Teig auf eine bemehlte Arbeitsfläche geben und einen Laib formen. Diesen dann nochmals 25 Minuten rasten lassen.
5. Den Ofen auf 200 Grad Ober- und Unterhitze vorheizen.
6. Den Laib auf ein mit Backpapier ausgelegtes Backblech legen und für ca. 40 Minuten backen.

Dauer:
300 Minuten

Portionen:
4

# Croissants

## Zutaten:

- 15g Salz
- 550g Mehl
- 30g Hefe
- 200g Wasser
- 130g Milch
- 250g Butter
- 50g Zucker

## Anleitung:

1. 500g Mehl mit Salz vermischen. Wasser, Milch und Zucker in der Mikrowelle erwärmen und die Hefe darin auflösen.
2. Ins Mehl eine Vertiefung drücken und die Flüssigkeit hinein geben.
3. Wenn eine Teigkugel entstanden ist, diese dann zudecken und für 30 Minten rasten lassen.
4. In der Zwischenzeit 250g weiche Butter mit 50g Mehl vermischen.
5. Den Teig nochmals kneten und in 4 Kugeln teilen. Auf einer Arbeitsfläche Mehl verteilen und die Portionen ausrollen. Die Portion Butter darauf verstreichen und den Teig wieder einpacken. Die Teigpäckchen in Frischhaltefolie packen und für mindestens 4 Stunden kaltstellen.
6. Den Teig wieder ausrollen und in Vierecke schneiden. Diese dann von der Seite her zu Croissants formen.
7. Den Backofen auf 180 Grad vorheizen und die Croissants für ca. 10 Minuten kross backen.

Dauer:
30 Minuten

Portionen:
1

# Frühstücksbagels

## Zutaten:

- 1 Bagel mit Sesam
- 2 Eier
- 2 Scheiben Frühstücksspeck
- Salz, Pfeffer
- Rucola

## Anleitung:

1. Zunächst den Speck in der Pfanne ohne Öl knusprig anbraten. Diesen dann raus nehmen und auf einem Küchenpapier abtropfen lassen.
2. Danach den Rucola waschen und die Eier verquirlen. Mit Salz und Pfeffer würzen und in die Pfanne geben.
3. Stocken lassen und anschließend durchrühren.
4. Danach den Bagel kurz toasten und in die Hälfte schneiden.
5. Den Rucola darauf verteilen, danach das Rührei darüber gehen und mit den Speckscheiben belegen.
6. Den Bagel zuklappen und anschließend servieren.

Dauer:
140 Minuten

Portionen:
4

# Hefezopf mit Sesam

## Zutaten:

- 1 Hefewürfel
- 1/4 l lauwarmes Wasser
- 1/4 l lauwarme Milch
- 1 EL Zucker
- 1 TL Salz
- 2 Eier
- 60g weiche Butter
- 1 Eigelb
- Sesamsamen weiß und schwarz

## Anleitung:

1. Zu Beginn zwei Backbleche mit Backpapier auslegen und den Backofen auf 180 Grad Umluft vorheizen.
2. Die Hefe in der Milch für ein paar Minuten auflösen.
3. Wasser, Zucker sowie Salz und die geschmolzene Butter untermischen. Die Eier dazu geben und weiter rühren.
4. Mehl dazu geben, sodass ein geschmeidiger Teig entsteht. Den Teig in eine gefettete Schüssel geben und mit Frischhaltefolie abdecken. Den Teig für 60 Minuten rasten lassen.
5. Anschließend den Teig in zwei Hälften teilen. Aus einer Hälfte ca. 3cm dicke und 30cm lange Stangen formen. Diese dann auf einem Blech zu einem Zopf flechten.
6. Mit der zweiten Teighälfte genauso verfahren. Beide Zöpfe für 40 Minuten rasten lassen.
7. Das Eigelb mit Wasser vermischen und die Zöpfe damit bestreichen. Beide Zöpfe mit dem Sesam bestreuen und für ca. 35 Minuten backen.

# SONSTIGES

Dauer:
30 Minuten

Portionen:
12

# Apfel Zimt Taschen

| Zutaten: | Anleitung: |
|---|---|
| • 1 Pkg. Blätterteig<br>• 1 Prise Zimt<br>• 1 EL Rosinen<br>• 1 Zitrone<br>• 1 Ei<br>• 6 Äpfel<br>• 80g Zucker | 1. Zuerst den Backofen auf 220 Grad Ober- und Unterhitze vorheizen. Den Blätterteig ausrollen und in Quadrate mit einer Grö0e von 8x8 schneiden.<br>2. Diese dann mit dem Ei bestreichen und die Äpfel waschen.<br>3. Die Äpfel schälen und in Scheiben schneiden.<br>4. Diese dann mit Zucker, Zimt, Rosinen und Zitronensaft gut vermischen.<br>5. Die Masse in eine Pfanne geben und für ca. 4 Minuten dünsten.<br>6. Danach je 1 EL auf die Quadrate verteilen und zu eckigen Taschen zusammenschlagen.<br>7. Die Taschen mit dem Ei bestreichen und auf ein mit Backpapier ausgelgtes Backblech legen.<br>8. Die Taschen für ca. 15 Minuten goldgelb backen. |

Dauer:
85 Minuten

Portionen:
15

# Nussecken

## Zutaten:

- 1 Pkg. Vanillezucker
- 1 EL Wasser
- 1 Pkg. Backpulver
- 100g Butter
- 200g Mehl
- 100g Zucker
- 1 Ei
- 1 EL Marillenmarmelade

Belag:

- 100g gemahlene Haselnüsse
- 3 EL Wasser
- 120g Zucker
- 2 Pkg. Vanillezucker
- 120g gehobelte Haselnüsse
- 1 Becher Schokoglasur

## Anleitung:

1. Das Mehl gemeinsam mit dem Backpulver vermischen.
2. Danach Ei, Butter, Wasser, Zucker sowie Vanillezucker dazu geben und gut miteinander verrühren.
3. Danach den Backofen auf 180 Grad Ober- und Unterhitze vorheizen und ein Backblech mit Backpapier auslegen.
4. Den Teig auf einem Backblech verteilen und mit der Marmelade bestreichen.
5. Für den Belag: Zucker, Vanillezucker, Butter sowie Wasser in einem Topf vermischen. Die Haselnüsse (beide) dazu geben und die Masse abkühlen lassen.
6. Danach den Belag auf dem Teig verteilen.
7. Die Nussecken im Ofen für ca. 25 Minuten backen.
8. In der Zwischenzeit die Schokoglasur in der Mikrowelle schmelzen lassen.
9. Die fertigen Nussecken in die Schokoglasur tauchen und fest werden lassen.

Dauer:
45 Minuten

Portionen:
25

# Macarons

## Zutaten:

- 120g Puderzucker
- 100g Mandeln (gemahlen)
- 1 Prise Salz
- 70g Eiklar
- 30g Zucker
- 100g weiße Schokolade
- 30g Sahne
- 1 EL Lebensmittelfarbe

## Anleitung:

1. Die gemahlenen Mandeln gemeinsam mit dem Puderzucker vermischen.
2. Das Eiklar in eine Schüssel geben und Salz dazu mischen. Das Eiklar zu einem steifen Schnee schlagen und den Zucker einrieseln lassen.
3. Danach die Lebensmittelfarbe untermischen.
4. Anschließend das Mandel-Gemisch vorsichtig unterheben.
5. Den Teig in einen Spritzbeutel füllen und auf ein - mit Backpapier ausgelgtes Backblech - Kreise spritzen. Die Macarons dann für ca. 40 Minuten stehen lassen.
6. Den Backofen auf 130 Grad Heißluft vorheizen und die Macarons für ca. 15 Minuten backen.
7. In der Zwischenzeit die Schokolade im Wasserbad oder in der Mikrowelle schmelzen.
8. Die Sahne erhitzen und unterrühren.
9. Die Masse im Kühlschrank abkühlen lassen.
10. Zum Schluss je zwei Macaron-Hälften mit der Masse zusammendrücken.

Dauer:
90 Minuten

Portionen:
4

# Gemüsequiche

## ZUTATEN:

- 1 Stange Lauch
- 1 Zwiebel
- Salz, Pfeffer
- 250g Mehl
- 2 EL Wasser
- 1 Ei
- 130g Butter
- 2 EL Sauerrahm
- 50ml Sahne
- 1 Prise Muskat
- 2 Eier
- 150g Hartkäse
- Kräuter nach Wahl
- 250g Pilze

## ANLEITUNG:

1. Für den Teig zuerst das Mehl gemeinsam mit einem Ei, der Butter, dem Wasser und etwas Salz zu einem Teig verkneten.
2. Diesen dann für ca. 30 Minuten in den Kühlschrank stellen.
3. In der Zwischenzeit Zwiebel, Lauch sowie die Kräuter klein schneiden. Den Käse reiben.
4. Danach das Backrohr auf 170 Grad Heißluft vorheizen.
5. In einer Pfanne etwas Öl erhitzen und den Zwiebel sowie den Lauch darin anbraten. Die Pilze waschen, klein schneiden und ebenfalls in die Pfanne geben.
6. Den Teig ausrollen und eine Springform damit befüllen.
7. Die restlichen Eier mit dem Zwiebel-Gemisch sowie Sauerrahm, Sahne, Muskat, Salz und Kräuter vermischen. Die Hälfte des Käses ebenfalls dazu geben.
8. Den restlichen Teig zu einer Rolle formen und damit den Rand belegen.
9. Den Gemüse-Überguß einfüllen, mit dem restlichen Käse bestreuen und für ca. 40 Minuten backen.

Dauer:
110 Minuten

Portionen:
16

# Donuts

## ZUTATEN:

- 500g Weizenmehl
- 30g Hefe
- 50g Zucker
- 2 Eigelbe
- 1 Ei
- 1 TL Vanillearoma
- 1 Prise Salz
- 200g lauwarme Milch
- 60g Butter
- 400g Glasur (nach Wahl)
- 80g Streusel usw.
- 500g Frittierfett

## ANLEITUNG:

1. Zuerst die Hefe in lauwarme Milch bröseln und verrühren.
2. Das Mehl sowie die Hefemilch in eine Schüssel geben. Alle anderen Zutaten ebenfalls dazu mischen.
3. Eine Arbeitsfläche mit Mehl bestreuen und den Teig gut kneten.
4. Den Teig anschließend abdecken und für ca. 30 Minuten rasten lassen.
5. Anschließend den Teig ausrollen und mit einem runden Keksausstecher Kreise ausstechen. Für das Loch einen kleineren Keksausstecher verwenden.
6. Das Frittierfett in einem Topf erhitzen und die Donuts darin für ca. 4 Minuten backen. Diese dann auf ein Stück Küchenrolle legen und abtropfen lassen.
7. Zum Schluss die Glasur zubereiten. Die Donuts damit bestreichen und mit den Streuseln bestreuen.

Dauer:
78 Minuten

Portionen:
30

# Bunte Cakepops

## ZUTATEN:

- 160g Butter
- 1 Prise Salz
- 3 Eier
- 1 Pkg. Backpulver
- Öl
- 130g Puderzucker
- 1 Zitrone
- 150g Mehl

Guß:

- 400g Puderzucker
- 1 Pkg. Lebensmittelfarbe
- 2 Eiweiß
- 2 EL Wasser
- Streusel

## ANLEITUNG:

1. Zuerst in einer Schüssel Zucker, Butter, Salz, sowie die anberiebene Schale der Zitrone vermischen.
2. Die Eier nach und nach untermischen. Das Mehl mit dem Backpulver vermischen und ebenfalls unterheben.
3. Die Masse in einen Spritzbeutel füllen und die Cake Pop Maschine aufheizen. Jede Mulde auffüllen und für ca. 8 Minuten backen.
4. Die fertigen Cake Pops auf ein mit Backpapier ausgelegtes Backblech legen.
5. Die Stiele für die Cake Pops in einen Karton stecken und den Guss vorbereiten.
6. Puderzucker mit Eiweiß sowie Wasser glatt rühren. Einen Teil davon auf die Seite stellen - den zweiten Teil mit der Lebensmittelfarbe vermischen.
7. Die Kugeln in die Farbe tauchen und mit Streuseln bestreuen.
8. Die Cake Pops auf die Stiele stecken und trocknen lassen.

Dauer:
30 Minuten

Portionen:
5

# Schokoladen Cookies

## Zutaten:

- 150g Butter
- 1 Pkg. Vanillezucker
- 230g Mehl
- 1 Prise Salz
- 80g weiße Schokolade
- 80g Schokotropfen
- 1 Prise Zimt
- 140g Puderzucker
- 1 Ei
- 1 Pkg. Backpulver
- 4 EL Milch

## Anleitung:

1. Für die Cookies die Butter gemeinsam mit dem Puderzucker und dem Vanillezucker schaumig rühren.
2. Das Ei anschließend dazu geben und gut verrühren.
3. Danach Mehl mit Backpulver vermischen. Salz sowie Milch dazu geben und weiter rühren.
4. Die gehackte, weiße Schokolade untermischen. Danach die Schokotropfen sowie den Zimt untermischen.
5. Das Backrohr auf 180 Grad Ober- und Unterhitze vorheizen und ein Backblech mit Backpapier auslegen.
6. Aus dem Teig kleine Häufchen formen und auf das Backblech legen.
7. Die Cookies für ca. 10 Minuten backen.

Dauer:
45 Minuten

Portionen:
6

# Churros

## Zutaten:

- 100g Butter
- 250ml Wasser
- 200g Mehl
- 1 Prise Salz
- 250g Zartbitterschokolade
- 50g Puderzucker
- 4 Eier
- 1 l Frittieröl

## Anleitung:

1. Wasser gemeinsam mit der Butter in einem Topf erhitzen und einmal aufkochen lassen. Danach das Salz dazu geben.
2. Anschließend Mehl hinzufügen und mit einem Kochlöffel umrühren, bis sich der Teig vom Rand löst.
3. Den Teig in eine Schüssel geben und abkühlen lassen.
4. Anschließend die Eier dazu geben und umrühren.
5. Danach das Öl in einem Topf erhitzen und den Teig in einen Spritzbeutel füllen.
6. Damit dann lange Streifen in das Fett spritzen.
7. Die Churros anschließend für ca. 2 Minuten frittieren.
8. Abkühlen lassen, mit Puderzucker bestreuen und genießen.

Dauer:
60 Minuten

Portionen:
16

# Berliner

| Zutaten: | Anleitung: |
|---|---|

**Zutaten:**

- 130ml Milch
- 500g Weizenmehl
- 30g Zucker
- 100g Butter
- 1 Pkg. Vanillezucker
- 1 TL Salz
- 1 Pkg. Hefe
- 1 Eigelb
- 2 Eier
- Ausbackfett
- 300g Marmelade

**Anleitung:**

1. Zunächst die Milch gemeinsam mit der Butter in einem Topf erwärmen.
2. Anschließend das Mehl gemeinsam mit der Hefe vermischen. Die restlichen Zutaten sowie die warme Milch dazu geben und ca. 5 Minuten zu einem glatten Teig verrühren.
3. Diesen dann für ca. 30 Minuten rasten lassen.
4. In der Zwischenzeit das Ausbackfett in einem Topf erhitzen.
5. Den Teig danach mit etwas Mehl bestäuben und in 16 gleich große Stücke teilen. Diese dann nochmals für einige Minuten rasten lassen.
6. Die Teigstücke mit der Oberseite nach unten in das Ausbackfett geben und goldbraun backen.
7. Die Marmelade anschließend in einem Spritzbeutel geben und die Berliner damit füllen.

Dauer:
120 Minuten

Portionen:
20

# Schoko Cakepops

## Zutaten:

- 80g Butter
- 2 Eier
- 60g brauner Zucker
- 1 Vanilleschote
- 2 EL Milch
- 50g Dinkelmehl
- 90g Dinkel-Vollkornmehl
- 1 Pkg. Backpulver
- 30g Kakaopulver
- 1 Becher Schokoglasur
- 50g Frischkäse
- 100g Kokosflocken

## Anleitung:

1. Zunächst Zucker mit Butter schaumig rühren und die Eier sowie die Milch nach und nach dazu geben.
2. Die Vanilleschote der Länge nach aufschneiden und das Mark heraus kratzen.
3. Vanillemark, Kakao, Backpulver sowie beide Mehle und das Backpulver vermischen und zu einem Teig verarbeiten.
4. Danach den Teig in eine gefettete Kastenform füllen und im vorgeheizten Backofen bei 160 Grad Umluft für ca. 30 Minuten backen.
5. Anschließend den Kuchen zerbröseln und mit dem Frischkäse vermischen.
6. Die Schokoglasur in der Mikrowelle aufwärmen und aus der Masse kleine Kügelchen formen. Die Kugeln in die Glasur tauchen und in den Kokosflocken wälzen.
7. Jede Kugel auf einen Holzstab stecken und anschließend servieren.

Dauer:
20 Minuten

Portionen:
4

# Crêpes

| Zutaten: | Anleitung: |
| --- | --- |
| • 250ml Milch<br>• 1 Prise Salz<br>• 25g flüssige Butter<br>• 2 Eier<br>• 150g Mehl<br>• Öl | 1. Zuerst die Milch gemeinsam mit den Eiern sowie der Butter vermischen.<br>2. Danach das Mehl unterrühren und mit Salz würzen.<br>3. Den Teig für ca. 10 Minuten rasten lassen.<br>4. In der Zwischenzeit etwas Öl in einer Pfanne erhitzen.<br>5. Den Teig portionsweise in die Pfanne geben und goldgelb backen.<br>6. Einmal wenden und die zweite Seite ebenfalls backen.<br>7. Die Crepes können mit Nutella oder Marmelade gefüllt werden. |

Dauer:
40 Minuten

Portionen:
20

# Pizzabrötchen

## Zutaten:

- 100g Frischkäse
- 2 EL italienische Kräuter
- 2 EL Tomatenmark
- Salz, Pfeffer
- 70g Schinken
- 70g Käse
- 1 Pkg. Blätterteig
- 1 Ei

## Anleitung:

1. Zunächst den Frischkäse gemeinsam mit dem Tomatenmark sowie den Kräutern vermischen. Mit Salz und Pfeffer würzen.
2. Ca. 3/4 vom Käse sowie den klein geschnittenen Schinken zur Masse geben und gut verrühren.
3. Den Blätterteig anschließend ausrollen und mit der Creme bestreichen. Den Blätterteig von der langen Seite her einrollen.
4. Den Backofen auf 200 Grad Ober- und Unterhitze vorheizen und die Rolle auf ein mit Backpapier ausgelegtes Backblech legen.
5. Die Rolle anschließend in Stücke schneiden.
6. Das Ei verquirlen und die Brötchen damit bestreichen.
7. Zum Schluss mit dem restlichen Käse bestreuen und für ca. 15 Minuten backen.

Dauer:
15 Minuten

Portionen:
10

# Pancakes

**ZUTATEN:**

- 250g Mehl
- 200ml Milch
- Ahornsirup
- 1 Pkg. Heidelbeeren
- 1 Pkg. Erdbeeren
- 3 EL Zucker
- 1 Prise Salz
- 2 TL Backpulver
- 2 Eier

**ANLEITUNG:**

1. Das Mehl gemeinsam mit dem Salz, Backpulver sowie dem Zucker vermischen.
2. Anschließend die Eier und die Milch dazu geben und alles zu einem glatten Teig verrühren.
3. Etwas Öl in einer Pfanne erhitzen und je 2 EL Teig in die Pfanne geben.
4. Die Pancakes für ca. 3 Minuten goldbraun backen.
5. In der Zwischenzeit die Beeren waschen und die Erdbeeren in Stücke schneiden.
6. Die Pancakes auf Teller anrichten, mit dem Ahornsirup beträufeln und mit den Beeren servieren.

Dauer:
20 Minuten

Portionen:
10

# WAFFELN

| ZUTATEN: | ANLEITUNG: |
| --- | --- |

**ZUTATEN:**

- 130g weiche Butter
- 1 Pkg. Vanillezucker
- 100g Zucker
- 250g Mehl
- 1 Prise Salz
- 3 Eier
- 200ml Milch
- 1 TL Backpulver
- Heidelbeeren
- Himbeeren
- Brombeeren
- Erdbeeren
- Honig

**ANLEITUNG:**

1. Die Butter gemeinsam mit dem Zucker sowie dem Vanillezucker vermischen.
2. Die Eier dazu geben und zu einem Teig vermischen.
3. Das Mehl mit dem Salz sowie dem Backpulver vermischen und zur Ei-Masse geben.
4. Danach die Milch dazu geben und das Waffeleisen vorheizen.
5. Je 2 EL Teig in das Waffeleisen geben.
6. Jede Waffel für ca. 2 Minuten backen.
7. In der Zwischenzeit die Beeren waschen und schneiden.
8. Die Waffeln auf Teller anrichten, mit dem Honig beträufeln und gemeinsam mit den Beeren servieren.

Dauer:
30 Minuten

Portionen:
25

# Vanille Kekse mit Schokochips

## Zutaten:

- 230g Butter
- 1 Pkg. Vanillezucker
- 2 Eier
- 100g weiße Schokolade
- 160g Schokodrops
- 200g Zucker
- 350g Mehl
- 1 Prise Salz
- 1 TL Backpulver

## Anleitung:

1. Die Schokolade zuerst hacken.
2. Danach Butter, Vanillezucker sowie Zucker schaumig rühren.
3. Anschließend die Eier dazu geben und weiterrühren.
4. Mehl mit Backpulver und Salz vermischen.
5. Die Mehl-Mischung zur Ei-Mischung geben und kräftig verrühren.
6. Die gehackte Schokolade sowie die Schokodrops unterheben.
7. Den Backofen auf 180 Grad Ober- und Unterhitze vorheizen und ein Backblech mit Backpapier auslegen.
8. Den Teig portionsweise auf das Backblech legen.
9. Die Cookies anschließend für ca. 15 Minuten backen.
10. Etwas abkühlen lassen und genießen.

Dauer:
90 Minuten

Portionen:
30 Kekse

# Zimtsterne

## Zutaten:

- 3 Eiklar
- Zitronensaft
- 320g gemahlene Mandeln
- 1 Pkg. Vanillezucker
- 2 TL Zimt
- 1 Prise Salz
- 220g Puderzucker

## Anleitung:

1. Zu Beginn das Eiklar mit dem Salz steif schlagen. Den Zitronensaft sowie den Puderzucker dazu geben.
2. 5-6 Esslöffel der Masse in eine Schüssel geben und kaltstellen.
3. Die restliche Masse mit Zimt, den Mandeln sowie dem Vanillezucker vermischen und zu einem Teig verkneten.
4. Den Teig in Frischhaltefolie wickeln und für ca. 60 Minuten kaltstellen.
5. In der Zwischenzeit den Backofen auf 170 Grad Ober- und Unterhitze vorheizen.
6. Auf der Arbeitsfläche Puderzucker verstreuen und den Teig darauf ausrollen.
7. Sterne ausstechen und diese auf ein mit Backpapier ausgelegtes Backblech legen.
8. Mit der kalten Eiklarmasse die Sterne bestreichen und für ca. 15 Minuten backen.

Dauer:
110 Minuten

Portionen:
30

# Zimtschnecken

## ZUTATEN:

- 160g Butter
- 500ml Milch
- 1kg Weizenmehl
- 50g Hefe
- 1 TL Salz
- 160g Zucker
- 1 Ei

Füllung:

- 80g Butter
- 2 EL Zimt
- 120g Zucker

## ANLEITUNG:

1. Die Butter schmelzen und die Milch dazu geben. Danach die Hefe darin auflösen.
2. Zucker, Zimt und Salz dazu mischen. Danach das Mehl dazu geben und zu einem Teig verkneten.
3. Den Teig dann für 40 Minuten zugedeckt rasten lassen.
4. Anschließend die Arbeitsfläche mit Mehl bestreuen und den Teig durchkneten. Diesen dann ausrollen und mit der flüssigen Butter bestreichen.
5. Eine Mischung aus Zimt und Zucker anrühren und den Teig damit bestreichen.
6. Zu einer Wurst rollen und anschließend in ca. 3cm dicke Scheiben schneiden.
7. Die Scheiben anschließend mit der geschnittenen Seite nach unten auf ein Backblech legen und nochmals für 25 Minuten rasten lassen.
8. Das Ei verquirlen und die Schnecken damit bestreichen.
9. Den Ofen auf 180 Grad Ober- und Unterhitze vorheizen und die Zimtschnecken für ca. 15 MInuten backen.

**Impressum**
Emely Piech wird vertreten durch:
Michelle Fein
Kapellenstraße 58
52066 Aachen

1. Auflage, 2022
Kontakt: buecher.fragen@yahoo.de

Printed in Poland
by Amazon Fulfillment
Poland Sp. z o.o., Wrocław

19155783R00047